EXPRESS

Die Frau im roten Kleid

Express

Die Frau im roten Kleid

Von

Madison S. Archer

© 2016 Madison S. Archer

Alle Rechte vorbehalten

Herstellung und Verlag:

BoD – Books on Demand, Norderstedt

ISBN 978-3-7412-5358-4

Prolog

Wenn Schriftsteller Tagebuch führen würden, was würde da wohl so alles drin stehen? Würden sich diese Tagebücher genauso lesen, wie die Bücher, die diese Schriftsteller sonst so schrieben? Wären sie genauso gut oder schlecht, genauso spannend, gruselig, rätselhaft oder geheimnisvoll? Könnte man das Eine überhaupt vom Anderen unterscheiden?

Jack Tanner ist Schriftsteller. Während einer Bahnreise wird er feststellen, dass der Grat zwischen Realität und Fiktion oftmals schmaler ist als man denkt …

Es war buchstäblich fünf vor zwölf. Mein neuer Roman war längst fällig und ich hatte noch keine einzige Zeile zu Papier gebracht. Meine letzte Frist waren die nächsten 80 Stunden. Genau so lange dauert nämlich eine Zugfahrt von San Francisco nach New York City.

Bereits auf dem Bahnsteig beschlich mich ein seltsames Gefühl, beinahe so, als wäre ich plötzlich nicht mehr in meiner Realität. Es war fast so, als hätte ich ein paar Martini zu viel. Und dabei mag ich Martini nicht einmal. Auf jeden Fall wurde ich auf dem Bahnsteig von einer dunkelhaarigen Frau in einem roten Kleid überholt, die es ziemlich eilig zu haben schien. Und das, obwohl der Zug noch mindestens zwanzig Minuten Aufenthalt hatte. Aber egal. Ich hatte einen ziemlich guten Blick auf die appetitliche Rückseite dieser Dame und fühlte mich bei ihrem Anblick in die zwanziger Jahre zurück versetzt. Ich kam mir plötzlich vor wie in einem dieser alten Filme, bei denen der Dampf der Lokomotiven über den Bahnsteig waberte, während die Passagiere ein- und ausstiegen. Irgendetwas war an dieser Frau, das ich in diesem Augenblick nicht einordnen konnte. Ich hätte nicht einmal sagen können, was es genau war. Ihr Kleid, das alt und teuer aussah? Oder waren es ihre dunklen Nylonstrümpfe, die eine Naht auf der Rückseite der Beine hatten? Keine Ahnung. Und für den Moment konnte ich mich nicht weiter damit beschäftigen, denn der Schaffner wollte meine Fahrkarte sehen und begleitete mich dann zu meinem Schlafwagen-Abteil.

Es war 22.00 Uhr an einem Freitag im September. Bis zum Dienstag um 6.20 Uhr musste das Manuskript fertig sein. Komme was da wolle. Ich machte es mir also in meinem Abteil einigermaßen gemütlich. Das Bett hatte der Schaffner bereits herunter geklappt. Ich stellte meinen Koffer in die Ecke vor die Verbindungstür zum Nachbarabteil, nachdem ich mich vergewissert hatte, dass diese Tür von meiner Seite aus abgeschlossen war. Dann packte ich mein Notebook aus und fing an zu arbeiten. Während ich die ersten Seiten mit Text füllte, ging mir diese Frau im roten Kleid nicht aus dem Kopf. Wo hatte ich sie nur schon mal gesehen? Und dann fiel es mir plötzlich ein.

X

Es war ungefähr vor dreißig Jahren auf einer Zugfahrt von Frankfurt am Main nach Italien zum Lago Maggiore. Ich war damals als Junge zu Besuch bei einer Tante. Sie und ihre Freundinnen waren eine kleine Gruppe von Krimifreunden die sich einmal die Woche abends trafen um einen in einer Radiosendung vorgetragenen Kriminalfall zu lösen. Wenn ich mich recht erinnere, hieß diese Sendung „Der Whistler ... oder jedenfalls so ähnlich". Es war jede Woche das gleiche Ritual: Sie saßen mit Block und Kugelschreiber bewaffnet vor dem Radio. Ein geheimnisvoller Sprecher trug mit verschwörerischer Stimme einen Fall vor, ob nach wahren Begebenheiten oder aus irgendwelchen Romanen, kann ich nicht sagen. Jedenfalls ließ er jedes Mal das Ende offen. Die Zuhörer hatten dann genau eine Stunde Zeit, das Rätsel, also den Fall, zu lösen und beim Sender anzurufen. Wer als erster mit der richtigen Lösung durchkam, erhielt einen Preis. Und einmal war dieser Preis eine Bahnreise zu einem geheimnisvollen Ort irgendwo in Italien, zu einem sogenannten „Kongress der Rätselknacker". Es sollte eine Art Krimireise werden. Während dieser Reise mussten alle Teilnehmer ein Verbrechen aufklären. Die Abschluss-Veranstaltung sollte dann in einem alten, zu einem Hotel umgebauten, ehemaligen Sanatorium sein, bei der der Initiator dieser Reise, ein exzentrischer Milliardär, der selber ein passionierter Hobbydetektiv war, die Auflösung des Rätsels präsentieren und den Gewinner küren würde.

Was soll ich sagen? Meine Tante und ihre Freundinnen haben die Reise gewonnen. Und ich durfte auch mit. Und genau auf dieser Reise trat das erste Mal eine Dame in einem roten Kleid in mein Leben.

Sie fiel mir damals bereits auf dem Bahnhof auf. Es stellte sich heraus, dass ein ganzer Zug extra für diese Reise gechartert worden war und Krimifreunde aus der ganzen Welt daran teilnehmen würden. Ein geheimnisvoller Herr, groß gewachsen, hagere, fast schon feminine Gestalt, glatt zurückgegelte Frisur, seiner Aussage nach der Sekretär des Milliardärs, übergab jedem der Teilnehmer ein kleines Paket. In diesem fand sich neben der Fahrkarte eine Sammlung von Gegenständen, die für den detektivischen Alltag unerlässlich waren. Wie zum Beispiel ein Notizbuch nebst Stift, ein kleines Fingerabdruckset, eine Leselupe, eine Taschenlampe, eine kleine Sofortbildkamera mit einem Ersatzmagazin und eine Krawatte. Ich konnte mir zwar vorstellen, dass eine Krawatte bisweilen nützlich sein könnte. Doch ehrlich gesagt, konnte ich mir meine Tante und ihre Freundinnen nur schwer mit einem solchen Kulturstrick um den Hals vorstellen. Dieser geheimnisvolle Milliardär ist wohl bei der Planung dieses Events davon ausgegangen, es lediglich mit Herren zu tun zu haben. Ich war mir sicher, nachdem er meine Tante und ihre Freundinnen kennengelernt hatte, würde er seine Annahmen wohl in mehr als einer Hinsicht überdenken müssen.

Nun. Jedenfalls fiel mir die Dame in der Menge sofort auf und das nicht nur, weil sie erst als letzte auf dem Bahnsteig eintraf. Mit ihrem feuerroten Kleid stach sie deutlich aus der übrigen, eher graubraunen, Menge hervor. Wir stiegen sogar in denselben Waggon, wie die Dame in Rot. Und bei der Gelegenheit konnte ich einen Blick aus der Nähe auf sie erhaschen. Und irgendetwas erschien mir sehr merkwürdig. Natürlich wusste ich damals noch nicht viel über Frauen. Schon gar nicht über solche, die so auffallend angezogen waren. Es war an ihr auch absolut nichts auszusetzen. Sie trug eben dieses knallrote Kleid, dunkle Nylonstrümpfe mit einer perfekt sitzenden Naht auf der Rückseite der

Beine, eine Stola aus einem schwarzen Pelz und schwarze Handschuhe aus einem schimmernden Stoff. Ihr Gesicht war für meinen Geschmack etwas zu stark geschminkt. Aber alles in allem gab es an diesem Erscheinungsbild, wie gesagt, nichts auszusetzen. Dennoch hatte ich das komische Gefühl, dass an diesem Bild etwas nicht stimmte.

X

Für mich, der ich bereits eine längere Flugreise von San Francisco nach Frankfurt am Main hinter mir hatte, sollte so eine Zugfahrt eigentlich nichts Außergewöhnliches sein. Doch mitnichten. Ich fand es spannend und aufregend. Der ganze Zug war ein einziger Abenteuerspielplatz für mich. Ich konnte den Flur entlang rennen und mich somit faktisch schneller als der Zug vorwärts bewegen. Es gab einen Speisewagen, einen Aussichtswagen, einen Salonwagen mit einer Bar in der Mitte, separate Waschräume und somit eine Menge Möglichkeiten, sich die Zeit zu vertreiben, die es zur damaligen Zeit in einem normalen Flugzeug nicht gab.

Ich flanierte also in diesem Zug herum und probierte die Utensilien aus der Schachtel aus. Ich schrieb alles, was mir in den Sinn kam in dieses Notizbuch. Ich nahm alles unter die Lupe, was mir vor ebendiese kam. Mit dem Fingerabdruck Set hinterließ ich an so mancher Tür Flecken aus schwarzem Staub. Auch der Fotoapparat kam hier und da zum Einsatz. Einmal erwischte ich im Speisewagen sogar die Dame in Rot, die dort mit dem seltsamen Herrn mit der zurückgegelten Frisur an einem Tisch saß. Die beiden schienen sich zu streiten. Nicht dass es einem der um sie herum sitzenden Passagiere aufgefallen wäre, denn sie flüsterten nur. Aber mir fiel es auf. Erst als sie ihr Glas nahm, in dem sich irgendeine dunkle Flüssigkeit befand, rückblickend würde ich tippen, es war Rotwein, und diese ihrem Gegenüber ins Gesicht schüttete, nahmen die Anderen den Streit überhaupt zur Kenntnis. Da war er allerdings schon wieder vorbei, denn die Dame stand effekthaschend auf und verließ das Abteil, ohne sich noch einmal umzudrehen. Das war der Augenblick, in dem ich sie das letzte Mal sah. Denn sie verschwand in dieser Nacht.

Zurück in unserem Schlafwagenabteil hatte eine der Freundinnen meiner Tante, ihr Mann war Metzger, ihren Korb mit Reiseproviant auf dem Tisch verteilt. Es gab gepökelte Haxen, Fleischwurst,

Frikadellen, hartgekochte Eier und noch allerlei Wurstsorten, die ich aus den Vereinigten Staaten nicht kannte. Dazu schnitt meine Tante von einem riesigen Laib Sauerteigbrot dicke Scheiben ab. Alles zusammen schmeckte einfach herrlich und definitiv hundertmal besser als die Verpflegung im Flugzeug.

Draußen vor dem Fenster wurde es langsam dunkel. Das Abendrot am Horizont war wunderschön. Ich hatte so etwas zwar schon aus dem Flugzeug gesehen, doch es sah irgendwie anders aus, wenn man sich am Boden befand. Die Landschaft, die draußen vorbei raste verwandelte sich in Schatten, die am Fenster vorbei flogen wie Gespenster. Und ich wurde langsam müde. Dieser Tag war aufregend gewesen und meine Gedanken begannen davon zu schwirren.

Ich war wohl eingedöst, denn ich erschrak, als ein schriller Pfeifton der Lok ertönte, kurz bevor wir in einen langen Tunnel einfuhren. Doch in diesen Pfeifton mischte sich der gellende Schrei einer Frau. Da das jedoch außer mir niemand gehört zu haben schien, verwarf ich diesen Gedanken zunächst wieder. Ich schlief wieder ein und begann zu träumen. Es waren seltsame und bizarre Dinge, verursacht durch die ungewohnten Umgebungsgeräusche, die sich in meinen Traum einmischten.

Erst am nächsten Morgen bekamen meine Beobachtungen aus dieser Nacht eine neue, unheimliche Bedeutung. Im Speisewagen, in dem die meisten Passagiere auf dieser Reise ihr Frühstück einnahmen, gab es einen Tumult. Mehrere der Erwachsenen diskutierten lautstark miteinander und jeder wollte etwas besser wissen, als der andere. Nur am Rande bekam ich mit, dass es wohl um eine vermisste Person ging. Irgendwann nach dem Frühstück hab ich dann rausgekriegt, dass es um die Frau in dem roten Kleid ging, die seit ihrem peinlichen Auftritt im Speisewagen am Abend zuvor niemand mehr gesehen hatte. Mir fiel der Schrei wieder ein, den ich glaubte gehört zu haben. Doch da ich nicht wusste, mit wem ich darüber hätte reden können, behielt ich meine Beobachtung erst mal für mich.

Im Laufe dieses Vormittags untersuchten einige der Erwachsenen das Abteil der Dame. Sie hatte offensichtlich nicht viel bei sich, denn es gab weder Koffer, noch Kleider noch irgendwelche Utensilien im Waschraum, die auf die Anwesenheit einer Frau hingedeutet hätten. Allerdings machte ich in einem der öffentlichen Waschräume, die sich jeweils an einem Ende des Waggons befanden, eine seltsame Entdeckung. Das Fenster war offen und ein Stofffetzen baumelte im Fahrtwind durch die Fensteröffnung herein.

Nachdem ich meine Beobachtung dem Herrn mit der zurückgegelten Frisur gemeldet hatte, übernahmen, wie üblich, wieder die Erwachsenen die Ermittlungen. Nachdem er sich versichert hatte, dass nicht gleich wieder ein Tunnel kommen würde, beugte sich einer der anwesenden Herren weit aus dem geöffneten Fenster des Waschraumes und pflückte den Stofffetzen von einem baulichen Vorsprung, an dem er hängengeblieben war. Der Stofffetzen war rot und ich erkannte sofort, dass es ein Teil des Kleides der Dame in rot sein musste.

Die Erwachsenen kamen zu demselben Schluss. Wir hatten also das Opfer. Und nachdem ich dem Herrn mit der zurückgegelten Frisur auch noch meine andere Beobachtung mitgeteilt hatte, den gellenden Schrei einer Frau, konnte man die Tatzeit ziemlich genau eingrenzen. Es war kurz bevor es richtig dunkel geworden war. Wir hatten also das Opfer und die ziemlich genaue Tatzeit. Fehlte also noch Täter und Motiv. Ich hatte da zumindest einen

Verdacht der auf einen bestimmten Täter hindeutete. Doch den konnte ich nicht dem Herrn mit der zurückgegelten Frisur anvertrauen, denn dieser Verdacht war ER. Also erzählte ich meiner Tante und ihren Freundinnen davon. Ich hatte sogar ein Beweis-Foto. Ich hatte nämlich am Abend zuvor die Dame im roten Kleid genau in dem Moment fotografiert, in dem sie im Begriff war, den Inhalt ihres Glases dem Herrn mit der zurückgegelten Frisur ins Gesicht zu schütten. Aber sollte das als Motiv wirklich ausreichend sein? Um das zu beurteilen, hatte ich zu wenig Erfahrung was Frauen oder zwischenmenschliche Beziehungen anging. Darüber zu diskutieren überließ ich daher lieber meiner Tante und ihren Freundinnen. Ich sah mir stattdessen das Foto etwas genauer an. Und diesmal kam mir an dem Mann mit der zurückgegelten Frisur etwas merkwürdig vor. Nicht dass ich mir sein Gesicht besonders eingeprägt hätte. Aber er sah irgendwie verändert aus. UND ... das war ein entscheidendes Detail ... er hatte bereits die Augen geschlossen. So als erwartete er die Attacke mit dem Getränk.

X

Durch das heftige Ruckeln beim Überfahren mehrerer Weichen und das Pingen einer Bahnschranke in irgendeiner Stadt wurde ich unsanft geweckt. Wann ich eingeschlafen war, hätte ich in diesem Augenblick nicht sagen können. Ich wollte gerade auf den Monitor meines Notebook schauen, um zu sehen, an welcher Stelle des Textes ich hängengeblieben war, da bemerkte ich, dass mein Notebook verschwunden war. Stattdessen stand vor mir eine altertümliche Schreibmaschine, in die noch ein Blatt eingespannt war, auf dem sich etwa bis zur Blattmitte bereits Text befand. Und mehrere Seiten, dicht mit Text gefüllt, lagen bereits neben der Schreibmaschine. Ich sah mich in meinem Abteil um und stellte fest, dass außer meinem Notebook nichts zu fehlen schien. Mein Koffer und meine Kleidung waren noch da. Allerdings sah alles aus, wie einem alten Schwarzweißfoto aus den frühen Jahren des letzten Jahrhunderts entsprungen.

Wahrscheinlich träumte ich. Ich ging also in den angrenzenden Waschraum um mir eine Hand voll Wasser ins Gesicht zu spritzen. Auch meine bereits dort befindlichen Waschutensilien sahen eher altertümlich aus. Beim Blick in den Spiegel bemerkte ich die Abdrücke einiger Schreibmaschinentasten auf meiner rechten Wange. Ich hatte also offensichtlich mit dem Gesicht auf der Schreibmaschine geschlafen. Wieder im Abteil suchte ich nach meinen Reisedokumenten. Meinen Pass sowie meine Fahrkarte fand ich in der Innentasche einer Jacke, die anscheinend mir zu gehören schien und an einem Haken neben der Tür hing. Der Name im Pass war Jack Tanner, also meiner. Nur das Geburtsdatum stimmte nicht. Und ein Blick auf die Fahrkarte verwirrte mich dann vollends. Da stand Lissabon Paris mit Kaufdatum 12. Januar 1916. Okay, dachte ich, das MUSS ein Traum sein. Ich machte mich frisch, so gut es in einem fahrenden Zug eben ging. Beim Verlassen meines Abteils angelte ich noch mein Jackett vom Haken. Im Notfall hatte ich so alles Wichtige bei mir. Während ich Richtung Speisewagen schlenderte sah ich aus dem Fenster auf die gemächlich vorbeihuschende Landschaft. ... Logisch. ... 1916 waren die Züge noch nicht so schnell wie heute. Alles ging langsamer und gemütlicher; jedenfalls aus heutiger Sicht. Für die Leute damals muss eine Zugfahrt schon ganz schön schnell und vielleicht auch aufregend gewesen sein. Ich hoffte indessen inständig, dass dieser Zug überhaupt einen Speisewagen hatte.

Er hatte einen. Und als ich dort ankam, stellte ich fest, dass es noch ziemlich früh am Morgen war. Nur an zwei Tischen saßen schon wenige Leute. Einige davon sahen allerdings so aus, als wären sie in dieser Nacht noch gar nicht in ihrem Abteil gewesen. Egal. Ich suchte mir einen Tisch ziemlich genau in der Mitte aus und harrte der Dinge die jetzt wohl auf mich zukommen würden. Ein Kellner nahm meine Bestellung auf und beeilte sich, meine Wünsche in die Tat umzusetzen.

Von meinem Sitzplatz aus hatte ich einen guten Blick auf die Fensterscheiben der Tür zwischen den Waggons. Dort erschien einige Minuten später eine Frau mit einem gehetzten Ausdruck im Gesicht. Während sie durch die Tür trat erhaschte ich einen kurzen Blick auf zwei Herren in dunklen Anzügen mit Hüten auf dem Kopf, die wie Stetson aussahen. Die Frau ließ schnell ihren Blick durch den Wagen schweifen und kam dann zielstrebig auf mich zu. Sie drückte mir unvermittelt einen Kuss auf die Lippen und sagte so etwas wie: „Gott sei Dank. Ich dachte schon, du wärst aus dem Zug gefallen", und setzte sich auf den Platz mir gegenüber. Die beiden Männer, die ihr offenbar gefolgt waren, setzten sich getrennt an Tische in der Nähe der Tür. Da ich das Ganze ja für einen Traum hielt, spielte ich mit. „Ich habe doch gesagt, ich gehe zum Speisewagen", sagte ich extra etwas lauter, damit es die Typen in den dunklen Anzügen auf jeden Fall hören mussten. Die Frau lächelte mich dankbar an. Der Kellner sah bereits von weitem, dass ich jetzt eine Begleiterin hatte und brachte unaufgefordert gleich Frühstück für zwei. Eines stattlichen Trinkgeldes konnte er sich sicher sein. Da ich das Ganze ja, wie gesagt, für einen Traum hielt, war ich sicher auch Banknoten in der richtigen Währung in meinem Portemonnaie zu finden.

Bei genauerem Hinsehen fiel mir auf, dass die Frau Ähnlichkeit mit der Dame in Rot hatte, die mich am Abend zuvor auf dem Bahnsteig überholt hatte. Wir unterhielten uns während des Frühstücks ganz zwanglos und ließen dabei hin und wieder Gesten einfließen, die einen zufälligen Beobachter davon überzeugen würden, dass wir beide ein Paar waren. Die beiden Typen in Schwarz kamen wohl ebenfalls zu diesem Schluss, denn nach etwa einer Stunde gaben sie die Observation der

Frau auf und trollten sich. Jetzt war ich gespannt, was nach dem Frühstück passieren würde. Nachdem ich den Kellner bezahlt hatte, beugte sich meine Begleiterin zu mir über den Tisch und flüsterte „und was machen wir jetzt?" „Sie sind weg", antwortete ich, darauf gefasst, dass sie sich umgehend verabschieden, und wieder ihren eigenen Geschäften nachgehen würde. Doch sie blieb und lächelte hintergründig. „Ich bezahle meine Schulden immer sofort". Damit zog sie mich an meiner Krawatte aus meinem Sitz und hinter sich her, in die Richtung aus der sie gekommen war. Beim Gehen fiel mir auf, dass sie beinahe einen ganzen Kopf kleiner war, als ich. „Welches ist Deines?", raunte sie mir zu, während wir den Gang mit den Schlafwagenabteilen entlang gingen. Wie selbstverständlich blieb ich vor meinem Abteil einfach stehen. Und ebenso selbstverständlich folgte sie mir in mein Abteil. Was dann folgte möchte ich nur so umschreiben: Ich hatte offensichtlich eine Begegnung mit einer Göttin der Liebe. Doch der Kavalier genießt und schweigt.

Nach etwa drei Stunden, in denen sie mir den Himmel auf Erden bereitet hatte, verließ sie mein Abteil wieder. Während sie im Begriff war, die Tür zu öffnen, sah ich wieder nur ihre appetitliche Rückseite. „Ich kenne noch nicht mal deinen Namen." Es war mir einfach so herausgerutscht und ich befürchtete, dass jetzt einer dieser peinlichen Momente entstehen würde. Doch sie drehte sich tatsächlich noch einmal zu mir um. „Meine Freunde nennen mich Martha." Sie lächelte mir zu. „Mein Name ist Jack", wollte ich noch erwidern, doch da war sie bereits verschwunden.

X

Ich sah noch immer zur Tür, als Martha bereits längst mein Abteil verlassen hatte. Und plötzlich verschwamm das Bild vor meinen Augen. Wie aus weiter Ferne hörte ich die Ansage auf einem Bahnsteig. Ich sah mich in meinem Abteil um und stellte fest, dass ich mich wieder in meiner eigenen Zeit befand. Mein Notebook stand auf dem Tisch und der Cursor blinkte. Beim Blick auf die Statuszeile stellte ich fest, dass ich in der Zwischenzeit über einhundert Seiten geschrieben hatte. Irgendwann muss ich mich dann wohl hingelegt haben und eingeschlafen sein, denn ich lag auf meinem Bett. Seltsamerweise lag ein Hauch Parfum in der Luft. Marthas

Parfum. Doch das konnte unmöglich sein. Sicher entsprang dieser Sinneseindruck nur meiner Phantasie.

Ich machte mich frisch und zog frische Unterwäsche und ein frisches Hemd an. Dann verließ ich mein Abteil und ging in Richtung Speisewagen. Beim Kellner bestellte ich ein Frühstück. Das Gesicht des Kellners kam mir irgendwie bekannt vor. Als er den Teller mit Speck und Rührei und einen großen Humpen Kaffee vor mich auf den Tisch stellte, fiel mir auch ein woher. Er hatte große Ähnlichkeit mit dem Kellner aus meinem Traum. Unwillkürlich sah ich zur Tür, die die Waggons voneinander trennte und erwartete, Marthas Gesicht zu sehen. Doch da ich einsah, dass dies wohl ein Wunschtraum bleiben würde, widmete ich mich meinem Rührei mit Speck und blickte dabei gedankenverloren aus dem Fenster auf den Bahnsteig. Das geschäftige Treiben dort draußen stand so in krassem Gegensatz zu der Stille hier drin, dass ich anfing, mich wieder in meinen Gedanken zu verlieren.

Damals bei dieser Bahnreise mit meiner Tante und ihren Freundinnen hatte ich auch bei beinahe jedem Halt aus dem Fenster auf den Bahnsteig gesehen und die Leute beobachtet. Wie sie sich begrüßten oder voneinander verabschiedeten. Bei einer dieser Gelegenheiten hatte ich beobachtet, dass die Frau im roten Kleid aus dem Zug gestiegen war und sich auf dem Bahnsteig mit jemandem traf. Es war ein unscheinbarer Mann in einem grauen Maßanzug, der ihr ein kleines, in Packpapier eingepacktes Päckchen übergab, das sie sofort unter ihrer Stola versteckte. Ich begann, darüber nachzusinnen, ob sie den Streit mit dem Herrn mit der zurückgegelten Frisur wohl wegen dieses Päckchens hatte.

Ich beendete mein Frühstück, bezahlte den Kellner und ging wieder zurück in mein Abteil. Irgendjemand hatte anscheinend in der Zwischenzeit mein Bett gemacht. Alles war ordentlich sauber und aufgeräumt. Ich schaltete mein Notebook wieder ein und las die letzten paar Seiten, die ich geschrieben hatte, um den Faden wieder aufzunehmen, damit ich weiter schreiben konnte und befand mich sofort wieder mitten in meiner Geschichte.

X

Die altertümliche Schreibmaschine klapperte und mir taten die Finger weh, weil der Anschlag der Schreibmaschinentasten viel schwerer war, als der meines Notebook. Ein stattlicher Stapel dicht beschriebener Blätter lag inzwischen neben der Schreibmaschine. Ich nahm eines der Blätter und überflog den Text. Gut. Anscheinend war ich auch in diesem seltsamen Traum ein Schriftsteller. Und die Story die ich da las, deckte sich in etwa mit dem Text, den ich zu schreiben vorhatte, als ich diesen Zug bestieg. Ich beschloss also, diesen Traum einfach zu genießen und abzuwarten, wohin er mich führen würde.

Ein heftiges Rucken zeigte mir an, dass sich der Zug wieder in Bewegung gesetzt hatte. Ich sah aus dem Fenster und versuchte irgendein Schild zu erspähen. Wenn ich richtig gesehen hatte, fuhren wir gerade aus dem Bahnhof Madrid. Es konnte also gut möglich sein, dass ich mich immer noch auf derselben Reise befand. Und ein Griff in meine Jackentasche bestätigte mir das. Ich war immer noch auf dem Weg von Lissabon nach Paris.

Nur wenige Augenblicke später öffnete sich die Tür und Martha stand vor mir. Sie war sehr vornehm angezogen und trug eine schwarze Pelzstola. Unter der zog sie jetzt ein kleines Päckchen hervor, das in Packpapier eingewickelt war. Sie reichte es zu mir herüber. „Bitte sei so lieb und versteck das für mich, ja?" Sie lächelte verschwörerisch. Ich bin sicher, sie war sich ihrer Wirkung auf mich voll bewusst. Ich hätte ihr keinen Wunsch abschlagen können. Ohne zu zögern nahm ich das Päckchen und versteckte es unter meiner Matratze. Als ich mich wieder umdrehte, erwartete ich zu sehen, dass sie wieder gegangen war, doch sie war noch da. „Was machst du heute?", fragte sie mich. „Weiß ich noch nicht", antwortete ich gedehnt. „Eigentlich muss ich diesen Roman fertig kriegen, bis ich ankomme", wo das sein würde ließ ich offen. Martha sah erst mich und dann meine Schreibmaschine an und lächelte. „Essen wir heute Abend zusammen?" „Gern", beeilte ich mich zu antworten, weil ich befürchtete, dass sie sich sonst direkt vor meinen Augen wieder in Luft auflösen würde. Während sie durch die Tür trat warf sie mir lachend zu, „Dann sehen wir uns heute Abend zum Dinner. Und komm nicht zu spät." Bevor die Tür sich schloss, konnte ich noch einen kurzen Blick auf den Mann erhaschen, der im Gang stand, als Martha mein Abteil verließ. Er sah aus, wie einer der Beiden, die ihr heute vor dem Frühstück, wann auch immer das genau war, gefolgt waren.

Ich war neugierig. War unsere List von heute früh aufgeflogen? Waren diese Typen in den schwarzen Anzügen immer noch hinter Martha her, oder waren sie jetzt vielleicht sogar hinter mir her? Es gab nur eine Möglichkeit, das herauszufinden. Ich musste sie beschatten. Ich nahm also das Päckchen wieder unter der Matratze hervor. Wenn sie jetzt auch mich im Visier hatten, wäre es nur eine Frage der Zeit, bis sie mein Abteil auf der Suche nach diesem Päckchen auf den Kopf stellen würden. Ich musste also dafür sorgen, dass sie es auf keinen Fall finden würden. Ich klopfte an die Verbindungstür zum Nachbarabteil. Wenn ich das richtig mitbekommen hatte, sollte es leer sein. Tatsächlich stand das Abteil gegenwärtig leer. Weder Gepäck noch sonst Irgendetwas deutete darauf hin, dass ein Reisender zur Zeit dieses Abteil benutzte. Ich sah mich kurz in dem kleinen Raum um und entschied mich dann, das Päckchen im Waschraum über der Deckenverkleidung zu verstecken. An diesem Platz würde es normalerweise nicht gefunden werden, es sei denn man suchte danach. Dann ging ich zurück in mein Abteil und verschloss die Zwischentür wieder ordentlich. Zur Sicherheit stellte ich meinen Koffer davor, aber so, dass es aussah, als wäre er beim Auspacken von Kleidungsstücken dorthin gestellt worden. Es sollte ja keinen Verdacht erregen.

Danach öffnete ich vorsichtig die Tür meines Abteils, die auf den Gang hinaus führte und lugte durch den Spalt. Die Luft schien rein zu sein. Ich schlüpfte durch die Tür und ging in die Richtung, die auch Martha genommen hatte. Im Speisewagen sah ich sie nicht, also ging ich weiter. Im Salonwagen wurde ich dann Zeuge einer für diese Zeit außergewöhnlichen Darbietung. Der ganze Salonwagen war gefüllt mit Männern, die eine tanzende Frau umringten. Die Dame schien nur mit bunten Schleiern und Schmuck bekleidet zu sein. Ihr nackter Bauch und ihre nackten Arme und Beine lugten unter den Schleiern hervor, von denen sie jetzt, sich in Ekstase tanzend, einen um den anderen von sich warf, bis sie nichts mehr trug, als ihren Schmuck. Nachdem sie ihren Tanz beendet hatte und sich mit einem Schleier nur notdürftig verhüllt vor ihren jubelnden Zuschauern in alle Richtungen verneigte, erkannte ich sie. Es war Martha. Ich sah mich um, doch von den Typen in den dunklen Anzügen war nichts zu sehen.

Da ich einigermaßen geschockt war, über das was ich da gerade gesehen hatte, vermied ich es, von Martha gesehen zu werden und trat den Rückzug an. Als ich die Tür zu meinem Abteil öffnete, traf mich fast der Schlag. Mein ganzes Abteil war durchwühlt worden. Die Schreibmaschine lag auf dem Boden, ebenso beinahe alles andere, das sich in meinem Gepäck befunden hatte. Die Blätter meines Romans waren im ganzen Raum verstreut. Beim Blick rundherum registrierte ich zufrieden, dass die Tür zum Nachbarabteil noch geschlossen war und der Koffer, den ich davor drapiert hatte, zwar jetzt leer war, aber immer noch aufgeklappt vor der Tür lag. Mein Geheimnis ist also hoffentlich gewahrt geblieben.

Ich trat wieder auf den Gang hinaus und schloss die Tür hinter mir. Dann machte ich mich auf die Suche nach einem Schaffner. Vor der Verbindungstür zum nächsten Waggon erhielt ich einen Schlag auf den Kopf und landete unsanft im Land der Träume.

X

Mein Erwachen war mehr als nebulös. Ich realisierte, dass irgendjemand auf mich einredete und versuchte, mich aufzuwecken. Man legte mir etwas Kaltes auf den Kopf, was ich als sehr angenehm empfand. Dennoch wurden meine hämmernden Kopfschmerzen dadurch nur mäßig gedämpft. Warum musste dieser Traum nur so verdammt realistisch sein? Auf die Kopfschmerzen hätte ich gut verzichten können.

Als ich die Augen aufschlug, lag ich auf dem Bett in meinem Abteil. Ein kleiner, vornehm angezogener, älterer Herr mit einem merkwürdigen nach oben gezwirbelten Schnauzbart saß auf meiner Bettkante und versuchte, aus mir irgendetwas heraus zu bekommen. Er ließ sich darüber aus, dass man mich ohnmächtig vor dem Waschraum am Ende des Ganges gefunden hätte. Ich sei hinterrücks KO geschlagen und meine Taschen seien durchwühlt worden. Man habe mich in mein Abteil gebracht und hier habe man ebenso alles durchwühlt vorgefunden. Der kleine Mann wollte von mir wissen wer ich war, was ich beruflich mache und warum ich in diesem Zug war. Ich antwortete so gut ich konnte. Was nicht viel war, da ich immer noch keine Ahnung hatte, wohin mich dieser Traum führen würde.

Der kleine Mann war nicht besonders zufrieden über die wenigen Informationen, die er von mir bekam, hielt mir jedoch zugute, dass ich möglicherweise durch den Schlag auf den Kopf noch nicht wieder klar denken konnte. Er erhob sich um, wie er sagte, „ein paar Nachforschungen anzustellen". Stattdessen setzte sich jetzt Martha auf meine Bettkante. Sie schien sichtlich geschockt, über das was mir widerfahren war. Ich hatte immer noch dieses Bild ihrer tanzenden Nacktheit vor all diesen gaffenden, vor Erregung sabbernden, älteren Männern im Salonwagen vor Augen und wollte mich angewidert zur Seite drehen, doch mein Kopf quittierte dies mit einer heftigen Schmerzexplosion. Sterne tanzten mir vor den Augen und langsam verschwamm alles. Ich spürte nur noch, wie mich jemand an den Schultern griff und mich dadurch zwang still zu liegen. Danach wurde es dunkel.

X

„Hallo, Haaalllooo", irgendjemand tätschelte meine Wange. Ich schlug die Augen auf und bemerkte sofort, dass ich mich allem Anschein nach wieder in meiner Realität befand. Das Abteil sah modern aus, mein Notebook stand aufgeklappt auf dem Tisch und alles war aufgeräumt. Was für ein Traum. Das lästige Klatschen auf meiner Wange brachte mich vollends zu Bewusstsein. Jemand saß auf meiner Bettkante und drückte mir etwas Kaltes auf den schmerzenden Kopf. Es war der Schaffner. Er erklärte mir, er habe mich ohnmächtig am Ende des Ganges gefunden. Offenbar war ich schlafgewandelt und beim Überfahren einer größeren Weichenanlage aus dem Gleichgewicht geraten und heftig mit dem Kopf gegen die Ecke des letzten Abteils geschlagen. Zum Glück habe er den Unfall beobachtet und mich umgehend mit Hilfe eines anderen Passagiers zurück in mein Abteil gebracht. Als er aufstand und ich sein Gesicht nicht mehr so dicht vor der Nase hatte, konnte ich ihn deutlich sehen. Es war derselbe Schaffner, der mich Tags' zuvor zu meinem Abteil geleitet hatte. Allerdings fiel mir in diesem Augenblick noch etwas anderes auf. Würde man sich einen hochgezwirbelten Schnauzbart dazu denken, sähe er genau so aus, wie der kleine Mann aus meinem Traum, der sich aufgeführt hatte, als wäre er Hercule Poirot.

Der Schaffner half mir, mich aufzusetzen. Er drückte mir immer noch den Eisbeutel auf den Kopf. Nachdem er sich versichert hatte, dass es mir einigermaßen gut ging, verließ er mich, um sich wieder seinen übrigen Aufgaben zu widmen. Ich und schlafgewandelt ... Ich sah zu meinem Notebook. Er war im Energiesparmodus. Ich drückte die Enter Taste und wartete. Nachdem es den Bildschirm wieder hergestellt hatte, sah ich mir die Statuszeile an. Anscheinend hatte ich in der Zwischenzeit mehr als zweihundert Seiten geschrieben. Wie hatte ich das gemacht? Ich konnte mich nicht erinnern, an diesem Tag überhaupt schon gearbeitet zu haben. Dabei drängte sich mir noch eine weitere Frage unweigerlich auf. Welcher Tag war heute? Und damit verbunden, wieviel Zeit hatte ich noch? Ich las die letzten Zeilen, die ich geschrieben hatte, konnte mich jedoch nicht konzentrieren. Es fühlte sich an, als wäre der Text in einer fremden Sprache geschrieben. Mein Kopf konnte keinen Sinn dort hinein bringen. „Lieber Gott. Bitte.", schickte ich ein Stoßgebet gen Himmel. Und allmählich wurden die Schriftzeichen vor meinen Augen wieder klarer. Es ruckelte wieder und ein lautes „Bing, Bing, Bing" zeigte mir, dass wir wieder eine Straße überquert hatten. Ich sah aus dem Fenster und sah riesige Felder und vereinzelte Häuser vorbei rasen. Ich sah wieder auf die Statuszeile, diesmal nach rechts und erschrak. Das dort befindliche Datum, sowie die Uhrzeit zeigten mir, dass ich irgendwie einen ganzen Tag verloren hatte.

X

Während einer Bahnfahrt vergeht die Zeit wie im Flug. Das war mir auch schon bei der Reise mit meiner Tante und ihren Freundinnen aufgefallen. Die Zeit war damals beinahe viel zu kurz, um das Verbrechen aufzuklären, dessen Opfer die Dame im roten Kleid offenbar geworden war. Frustriert darüber, dass die Erwachsenen wieder die Ermittlungen an sich gerissen hatten, flanierte ich eher lustlos die Gänge entlang. In einem der Waggons beobachtete ich den Mann mit der zurückgegelten Frisur beim Verlassen eines Abteils. Er schien mich nicht zu bemerken. Während er die Tür hinter sich zu zog, erspähte ich ein winziges Stück des dahinterliegenden Abteils. Innen, an der Wand neben der Tür hing etwas Rotes. Sofort war meine Neugier wieder erwacht. Augenblicke später stand ich vor der Tür und probierte, den Türknauf zu drehen. Die Tür schien tatsächlich nicht verschlossen zu sein. Logisch. Der Mann mit der zurückgegelten Frisur hatte die Tür nur hinter sich zugezogen. Dass sie jetzt immer noch nicht verschlossen war, konnte also bedeuten, dass sich drinnen keine weitere Person befand. Denn die hätte vermutlich inzwischen die Tür wieder verriegelt. Ich überlegte, ob ich so ohne weiteres hinein gehen sollte, oder nicht. „Was würde Sherlock Holmes jetzt wohl tun?", dachte ich bei mir. Wahrscheinlich würde Holmes ohne zu zögern hinein stürmen, während sein Freund Watson ihn vermutlich davon abzuhalten versuchte. Vermutlich würde er irgendetwas fabulieren von „Beweise, die man unrechtmäßig erworben hatte, würden vor Gericht nicht zugelassen", oder etwas in der Art. Und vermutlich würde Holmes dem energisch widersprechen.

Plötzlich spürte ich, wie mir von hinten jemand auf die Schulter tippte. Erschrocken erstarrte ich mitten in der Bewegung. „Willst du nicht nachsehen?", raunte eine Stimme hinter meinem Ohr. Ich drehte mich zu der Stimme hinter mir um und blickte in die hellwachen, stahlblauen Augen eines Mannes, der wie Shcrlock Holmes angezogen war. Ich wusste natürlich, dass Sherlock Holmes nur eine erfundene Figur eines Schriftstellers Namens Arthur Conan Doyle war. Dennoch hielt ich ihn in diesem Augenblick absolut für echt. Ich drehte also den Türknauf. Die Tür gab tatsächlich nach. Ich schob sie gerade so weit auf, dass ich und hinter mir mein geheimnisvoller neuer Freund hindurch schlüpfen konnten.

Das Abteil lag im Halbdunkel. Was daran lag, dass die Gardinen zur Hälfte zugezogen waren. Zuerst sah ich mir den roten Stoff neben der Tür genauer an. Wie ich vermutet hatte, war es der Rest des roten Kleides von der Dame im roten Kleid. Etwa in Höhe des Gesäßes war ein Fetzen gewaltsam heraus gerissen worden. Während ich mich weiter im Abteil umsah, packte „Holmes" seine Lupe aus und sah sich die Stelle, wo der Fetzen herausgerissen war, genauer an. „Sieht aus, wie mit der Schere herausgeschnitten", sagte er schließlich. „Hier will uns Jemand aufs Glatteis führen!" Ich hatte in der Zwischenzeit in einer Ecke des Raumes ein altes Grammophon entdeckt. Und es war noch eine Platte darauf. Ich war eben im Begriff, die Kurbel zu drehen, da hielt mein neuer Freund mich zurück. „Wir sollten erst dafür sorgen, dass es außer uns niemand hört", raunte er mir zu. Er hatte Recht. Da wir nicht wussten, was auf dieser Platte war, mussten wir Vorkehrungen treffen, falls es etwas Lautes war. „Holmes" ging in den Waschraum und griff sich ein Handtuch, das er in den Schalltrichter des Grammophons stopfte. Danach drehte ich die Kurbel und legte den Abnehmer auf die Platte. Zuerst hörten wir lange nichts.

Dann erklang der markerschütternde, gellende Schrei einer Frau. Wir taten gut daran, die Lautstärke zu dämpfen, denn obwohl das Handtuch beinahe vollständig im Schalltrichter steckte, hörte sich das für mich immer noch recht laut an. Ohne das Handtuch wäre der Schrei vermutlich im ganzen Zug gehört worden. Und das war genau der Punkt, der mir zu denken gab. Warum hatte beim ersten Mal außer mir Niemand von diesem Schrei Notiz genommen? Offensichtlich hatte der „Täter" sich zeitlich verrechnet. Er hatte nicht einkalkuliert, dass der Zug genau in diesem Moment in einen Tunnel einfahren und zu diesem Anlass die Pfeife der Lok ertönen würde, worin der Schrei buchstäblich unterging. Mein Freund Holmes kam zu demselben Schluss. Also waren wir beide wohl im Augenblick die Einzigen, die sich der Wahrheit um einen entscheidenden Schritt genähert hatten.

X

Vor meinen Augen drehte sich plötzlich alles. Ich lag wieder auf dem Bett in meinem Abteil und Jemand raunte mir zu, ich solle liegen bleiben. Irgendjemand der an meinem Hinterkopf herum hantierte. Die Wunde wurde gereinigt, mit etwas scharfem abgetupft und mein Kopf anschließend verbunden. Ich fragte mich gerade, wer mein Wohltäter wohl wäre, da trat er in mein Blickfeld und stellte sich vor. „Gestatten, Watson. Ich bin Arzt und die kleine Lady hier hat mich gebeten, Ihnen erste Hilfe zu leisten." Damit trat Martha aus seinem Schatten in mein Blickfeld. Sie sah ehrlich besorgt aus, was mich ihren für mich peinlichen Auftritt im Salonwagen beinahe vergessen ließ.

Sie setzte sich auf meine Bettkante, während Watson sich verabschiedete. Sie ergriff meine Hand und zog sie an ihre Brust. Gestern noch hätte ich den Himmel angefleht, sie möge sie dort nie wieder wegnehmen. Doch heute empfand ich gar nichts dabei. Ihre Darbietung im Salonwagen hatte sie für mich entzaubert. Martha schien das irgendwie zu ahnen, denn sie ließ meine Hand los. Lange starrte sie vor sich hin. Es schien, als suchte sie nach den richtigen Worten. „Ich bin nicht die, für die du mich wahrscheinlich hältst. Keins der Mädchen, von wo auch immer du herkommst. ... Ich bin Tänzerin. ... Mein Problem ist nur, je älter ich werde, umso schwieriger wird es, ein gutes Engagement zu bekommen. Mittlerweile gibt es einfach zu viel Konkurrenz. ... Und die meisten davon sind jünger und hübscher als ich." Sie senkte ihren Blick und ich sah tatsächlich eine Träne, die an ihren falschen Wimpern hing, wie ein Tautropfen an einem Grashalm am frühen Morgen.

„Was sind das für Typen, von denen du beschattet wirst?", fragte ich frei heraus. Mittlerweile war es mir sogar egal, ob sie mich mochte, oder nicht. Ich hatte mich lange genug für dumm verkaufen lassen und wollte endlich die Wahrheit wissen. In ihr loderte noch ein letzter Funken von Stolz, denn sie richtete sich kerzengerade auf. „Die sind von irgendeinem Geheimdienst", und als sie meinen skeptischen Blick sah, „von welchem weiß ich nicht. ... Die sind schon eine ganze Weile hinter mir her. Anscheinend verwechseln die mich mit jemandem. Und die Frau, um die es geht, muss mir auch noch verblüffend ähnlich sehen. ... Und noch unheimlicher ist, dass sie in letzter Zeit auch noch ausgerechnet immer da auftaucht, wo ich mich gerade aufhalte. Deshalb haben sie mich heute fast den ganzen Tag lang verhört und mir Dinge vorgeworfen, die ich nicht getan habe."

Ich setzte mich auf und sah schon wieder Sterne. Sollte es wirklich wahr sein? „Wie lange warst du bei denen?", fragte ich sie, nachdem ich ein paarmal tief durchgeatmet hatte, um die aufsteigende Übelkeit zu unterdrücken. Erstaunt über meine sonderbare Reaktion sah sie mich an. „Sie haben mich heute ganz früh aus meinem Abteil geholt", sagte sie. „Und sie haben mich gehen lassen ... hmm ... kurz bevor man dich verletzt gefunden hat." Ich verstand die Welt nicht mehr. „Du warst also heute Morgen nicht in meinem Abteil?!" Sie schüttelte den Kopf. „Und du hast mir auch kein Päckchen gegeben, und mich gebeten, es zu verstecken?!" „Nein. Hab ich nicht. ... Aber ... Moment mal. ... Die haben mich auch nach einem Päckchen gefragt." Erschrocken stand sie auf. „Und du warst es auch nicht, die heute Mittag im Salonwagen fast nackt getanzt hat?" Ein Hauch von Hoffnung schwang in meiner Stimme mit. „Heute Mittag?", fragte sie erschüttert. „Nein". Ich stand auf und ignorierte dabei das wieder aufsteigende Gefühl von Übelkeit, stellte mich vor sie und blickte auf sie hinunter. „Tja. Dann hast du wirklich ein Problem. ... Diese Frau. ... Sie sieht dir nicht nur ähnlich. ... Sie ist, verdammt nochmal, eine perfekte Kopie von dir. ... Sogar mich hat sie getäuscht." Erleichtert nahm ich sie in die Arme und sie schmiegte ihren Kopf an meine Brust. „Und was machen wir jetzt?", fragte sie kleinlaut. „Keine Ahnung. ... Zumindest noch nicht." Ich nahm mir vor, sobald ich wieder in meiner Zeit war, alles in Erfahrung zu bringen, was in Google über diesen Zug zu finden war. Also suchte ich meine Jacke, nahm meine Fahrkarte aus der Tasche und versuchte mir die genauen Zug-Daten einzuprägen so gut ich konnte.

X

Wieder wurde mir schwindelig. Ich hatte so langsam den Eindruck, dass ich jedes Mal, wenn ich an meine eigene Zeit dachte, einen Zeitsprung in meine eigene Zeit vollzog. Und wie ich vermutet hatte, befand ich mich unvermittelt wieder in meiner eigenen Zeit in meinem Abteil. Draußen vor dem Fenster wurde es so langsam dunkel. Mein Notebook war eingeschaltet und der Cursor blinkte auf dem Monitor. Anscheinend hatte ich bis eben gearbeitet. Neugierig sah ich links unten auf die Statuszeile.

… Über 400 Seiten. … OK. … Ich konnte mich zwar nicht erinnern, die geschrieben zu haben, … aber gut. Mittlerweile war mir egal, was da stand. Hauptsache es stand etwas da. … Es war immer noch besser, meine Verlegerin fand die Story scheiße, als wenn ich überhaupt keine Story hätte.

Wie ich mir vorgenommen hatte, versuchte ich diesen Zug zu googeln. Ich fand einen Querverweis auf eine Dame Namens Mata Hari. Sie war eine alternde Nackttänzerin, die kaum noch Engagements bekam und stand in dem Ruf, Anfang des Ersten Weltkrieges für die Deutschen spioniert zu haben. Und ich las dort noch etwas: Mata Hari wurde ein Jahr später wegen Spionage hingerichtet. Es gab sogar ein Bild von ihr. Es war schwarzweiß und ich glaubte Martha auf diesem Foto zu erkennen. Es hätte allerdings genauso gut diese andere Frau sein können, die ihr glich wie ein Zwilling.

X

So langsam gingen mir die Ideen aus und diese Zugfahrt würde nicht ewig dauern. Irgendwie musste es mir gelingen, diesen Gordischen Knoten zu entwirren. Und ich fragte mich, ob mir die berühmten Detektive, die bisher in meinem Traum aufgetaucht waren, dabei helfen konnten.

Wie aufs Stichwort fand ich mich urplötzlich in diesem Traum wieder. Ich saß in meinem Abteil auf dem Bett und dieser kleine Herr, der aussah wie Hercule Poirot ging grübelnd vor mir auf und ab. „Watson" stand an die Verbindungstür zum Nachbarabteil angelehnt und ich war anscheinend gerade dabei den beiden mein Dilemma zu schildern. Ich erklärte ihnen auch, was ich über Marthas nächste Zukunft herausgefunden hatte. Poirot drehte sich mitten im Schritt zu Watson um. „Wo zum Teufel ist eigentlich Holmes?", fragte er mit vorwurfsvollem Ton. Watson grinste. „Der hat sich in Verkleidung unter die Leute gemischt." In Verkleidung ... Irgendetwas klingelte da bei mir.

X

Schlagartig war ich wieder mit Holmes in diesem Abteil, das der Mann mit der zurückgegelten Frisur kurz zuvor verlassen hatte. Wir trugen gerade unsere Beobachtungen zusammen. Da war diese Frau im roten Kleid. Die Frau sah irgendwie ... sagen wir ... merkwürdig aus, obwohl an ihrem Erscheinungsbild nichts auszusetzen war. Das Kleid hatten wir gefunden. Der Stofffetzen, der als Beweis für ihr Verschwinden hatte dienen sollen, war offensichtlich dort herausgeschnitten worden. Wir hatten das Grammophon mit dieser Schrei-Platte und in dem Abteil befand sich sonst nichts, was auf die Anwesenheit einer Frau hindeuten würde. Wir durchsuchten noch einmal alles gründlich und fanden ein entscheidendes Beweisstück. Es war ein mit einer beigen Knetmasse ausgestopfter Büstenhalter. Offenbar wollte jemand vortäuschen, eine Frau zu sein. Und plötzlich ergab alles einen Sinn. Die Frau im roten Kleid war keine Frau. Es war ein verkleideter Mann. Und ihr Verschwinden war kein echtes Verbrechen, sondern das Rätsel, das während der Zugfahrt gelöst werden sollte. Allerdings sah ich immer noch nicht, wie mir das bei meinem aktuellen Problem weiterhelfen konnte.

X

Ich schwankte. Diese plötzlichen Wechsel zwischen den Realitäten ereigneten sich jetzt in immer kürzeren Abständen. Ich konnte nur hoffen, dass dies ein Zeichen dafür war, dass ich mich der Lösung näherte. Denn es war zu vermuten, dass nicht mehr viel Zeit übrig war. Ich berichtete Poirot und Watson von diesem Fall der Dame im roten Kleid und meiner Schlussfolgerung, dass es sich um einen verkleideten Mann gehandelt haben musste. Poirot führte den unausgesprochenen Gedanken zu Ende „wenn diese Doppelgängerin von ihrer Martha wirklich ein Mann ist, dann muss er wirklich ein Verwandlungskünstler sein, von der Qualität eines Sherlock Holmes. Sie dürfen nicht vergessen, dass er oder sie wirklich perfekt ist. Es passt nicht nur die Größe, sondern auch die Bewegungen, die Stimme, der gesamte Habitus. Und ...", er erhob den Zeigefinger. „Was noch wichtiger ist ... er ist noch im Zug."
„Stimmt", warf Watson ein. „Wir haben vor Stunden das letzte Mal gehalten. Und bei seiner Größe ist es kaum wahrscheinlich, dass er aus einem fahrenden Zug geklettert ist. ... Er wäre unter die Räder geraten." In diesem

Moment ging die Tür auf und Holmes kam herein. In Verkleidung versteht sich. Ich war überrascht. Beim bisherigen Verlauf dieser Reise hatte ich angenommen, er wäre als Frau verkleidet. Doch er kam als alter, gebeugter, schnautzbärtiger Mann. Nachdem er sorgfältig die Tür geschlossen hatte, drehte er sich zu uns um. In der Bewegung genehmigte er mir einen Blick in seine hellwachen, stahlblauen Augen und zwinkerte mir zu. „Es ist lange her ...", sagte er schließlich an mich gewandt. Ich nickte. „Kann man wohl sagen." „Na ja. ... Aber aus dir ist doch was geworden", fuhr er anerkennend fort. „Du solltest nur die Finger von diesen Koffeintabletten lassen. ... Ich weiß wovon ich rede ... und ich denke du auch". So langsam wurde mir einiges klar. Ich hatte vor Reiseantritt eine handvoll Koffeintabletten eingeworfen, um für die Arbeit an meinem Buch lange genug wach zu bleiben. Und diese ständigen Wechsel zwischen den Realitäten waren vermutlich die Nebenwirkungen.

Während Holmes seine Verkleidung ablegte, brachte Watson ihn auf den neuesten Stand. Soweit ich mich erinnere, war Holmes für ein Fotografisches Gedächtnis bekannt. Und sofort begann er damit, die Passagiere, die er gesehen hatte in Gedanken zu katalogisieren in wahrscheinlich und unwahrscheinlich. Die wahrscheinlichen verglich er mit Marthas Körpergröße und filterte so zwei Männer heraus, die wir gemeinsam noch einmal unter die Lupe nehmen wollten. Beim Verlassen meines Abteils stupste er mich mit dem Ellbogen in die Seite. „Wie in alten Zeiten. Stimmt's?" Ich nickte. „Stimmt".

X

Damals im Zug auf dem Weg an den Lago Maggiore waren wir ebenfalls die Passagiere nach den passenden Verdächtigen durchgegangen. Wir fingen vorne an und überprüften Waggon für Waggon. Dabei sahen wir uns besonders die Männer an, die eine eher feminine Gesichtsstruktur hatten. Sicher. Mit dem geeigneten Make Up konnte man viel machen. Hier etwas vertuschen und da etwas hervorheben. Aber aus einem grobschlächtigen Stier konnte niemand, auch nicht mit noch soviel Make Up, eine zarte Kuh machen. Eine gewisse Grundphysiognomie musste schon vorhanden sein. Im Salonwagen, welches der vorletzte Waggon des Zuges war, fanden wir dann unseren Mann. Er war von allen Kandidaten der Wahrscheinlichste. Er saß an der Bar. Mit einer sehr feinen, feminin wirkenden Hand umfasste er ein Glas Whisky. Ich konnte mich nicht erinnern, seine Hände schon einmal gesehen zu haben. Als er uns am Hauptbahnhof in Frankfurt am Main die Päckchen übergeben hatte, hatte er Handschuhe getragen. Es war der Mann mit der zurückgegelten Frisur. Der Sekretär des exzentrischen Milliardärs.

Holmes und ich setzten uns zu seiner rechten und linken Seite und bestellten beim Barkeeper etwas zu trinken. Holmes erhielt ein Glas Whisky und ich ein Glas Limonade. Dann konfrontierten wir ihn mit dem Ergebnis unserer Ermittlungen, dass wir herausgefunden hatten, dass nur er die Rolle der Frau im roten Kleid gespielt haben konnte und somit der Mord gar kein Mord war.

Ruhig stellte er sein Glas ab, sah den Barkeeper an und lächelte. „Charly", sagte er, „drück den Button. ... Die Jagd ist vorbei. ... Wir haben einen ... sorry ... wir haben zwei Sieger." Der Barkeeper, der nebenbei bemerkt eine gewisse Ähnlichkeit mit dem Mann mit der zurückgegelten Frisur hatte, tat wie ihm geheißen wurde und betätigte einen großen Knopf, der sich mitten auf dem Tresen befand. Es ertönte eine Art Alarm im ganzen Zug. Konfetti fiel überall von der Decke und die anderen Passagiere begriffen anscheinend allmählich, dass das Spiel vorbei war, denn sie kamen in Scharen zum Salonwagen. Mein Freund „Holmes" gab sich als der Initiator dieser Reise zu erkennen. In der Zwischenzeit hatte der Mann mit der zurückgegelten Frisur seinen dünnen, aufgeklebten Schnurrbart abgezogen und mit einem Handtuch das Gel notdürftig aus seinen Haaren entfernt. Als er damit begann die jetzt sichtbaren langen, dunkelbraunen Haare aufzulockern und dabei die Hände wie einen Kamm benutzte, fiel es mir wie Schuppen von den Augen und das letzte Puzzle-Teilchen rückte an seinen Platz. Wir hatten die ganze Zeit über einen Mann gesucht, der sich als Frau verkleidet hatte. Die Wahrheit war jedoch viel heimtückischer. Es war eine Frau, die sich als Mann verkleidet hatte, der sich als Frau verkleidet hatte. Und diese Täuschung war ihr perfekt gelungen.

Wie sich herausstellte, war sie die Sekretärin des Milliardärs, der Jahre später mein Mentor und Förderer wurde. Sie und ihr Bruder, der Fahrer des Milliardärs, hatten auf seinen Wunsch hin diesen Kriminalfall inszeniert.

X

Jemand tippte mir von hinten auf die Schulter. Ich stand wieder im Gang des Zuges nach Paris. Holmes drängte. „Vorwärts, alter Junge. Wir haben nicht mehr viel Zeit." Er hatte Recht. Bereits in ein paar Kilometern käme die Grenze zwischen Spanien und Frankreich. Und somit eine Gelegenheit für unseren geheimnisvollen kleinen Mann, heimlich zu verschwinden. Auf dem Weg zum Ende des Zuges kam unsere kleine Prozession an einem Schaffner vorbei. Er sah erstaunt von seinem Notizbuch auf, in das er gerade im Begriff gewesen war, ein paar Zeilen zu schreiben. „Kann ich ihnen helfen?", fragte er dienstfertig. „Nein danke", erwiderte ich schnell. „Wir suchen nur jemanden", fügte Holmes noch hinzu. Der Schaffner erhob sich von dem Stuhl in seinem winzigen Büro, stellte sich in die Türöffnung und sah mich an. „Wenn sie die Dame suchen, die bei ihnen war, die finden sie im Salonwagen". Ich bedankte mich und wir gingen weiter. Während wir weiter dem Gang folgten fiel mir ein, dass dieser Schaffner beinahe einen ganzen Kopf kleiner gewesen war, als ich. Er hatte zu mir aufschauen müssen, als er mit mir sprach. Während wir weiter gingen, ließ mir das keine Ruhe. Kurz vor dem Salonwagen hielt ich inne. Ich war mir inzwischen sicher, dass wir die falsche Martha dort nicht finden würden. Ich berichtete den anderen von meinem Verdacht und wir beschlossen, uns zu trennen. Watson nahm mit Poirot den Weg zum Salonwagen während Holmes und ich umkehrten.

Es ruckelte ordentlich, während der Zug über eine großflächige Weichenanlage fuhr. Fühlte sich wie eine Art Rangierbahnhof an. Möglicherweise ein Zeichen dafür, dass wir die Grenze erreicht hatten. Holmes und ich beeilten uns, das Abteil das wir im Sinn hatten, zu erreichen bevor der Zug stoppte. Dummerweise verfehlten wir diesen Moment um Haaresbreite. Der Zug stand bereits still, als wir die Tür erreichten. Ohne anzuklopfen drehte ich den Türknauf und schob die Tür auf. Das Abteil dahinter war leer. Offensichtlich hatte sie nicht viel mitgenommen. Beinahe ihre gesamte Kleidung befand sich noch in dem Schrankkoffer, der in der Ecke stand. Und eine Schaffneruniform lag auf dem heruntergeklappten Bett. Ich sah mich um, ob ich noch irgendeinen Hinweis finden könnte, während Holmes hinter mir durch die Tür trat und ebenfalls seine Schlüsse zog, aus den Dingen, die sich noch im Abteil befanden. Er ging auf das

Bett zu und hob das kleine, weiße Briefkuvert hoch, das auf der Schaffneruniform lag. Er sah es kurz an und reichte es sofort an mich weiter. Mein Name stand darauf. In dem Moment erschienen Watson und Poirot in der Tür. Auch sie erfassten mit einem Blick die Situation. Ich öffnete das Kuvert, nahm den handbeschriebenen Zettel heraus und las laut vor. „Lieber Jack. Ich wollte nie, dass irgendjemand zu Schaden kommt. Die Informationen, die ich verkauft habe, waren allesamt erfunden. Ich werde mich für immer an die Stunden mit dir erinnern. Aber Mata Hari muss heute sterben. Vielleicht werden wir uns irgendwann an einem anderen Ort wiedersehen. In Liebe Martha".

Eine Durchsage des Schaffners hallte laut durch meine Gedanken. „In wenigen Minuten erreichen wir New York Grand Central Station. Unsere Fahrt endet dort. Wir bitten alle Reisende, auszusteigen." Gedankenverloren drückte ich den Speichern-Button und zog dann die Datei auf einen Stick, den ich in die Innentasche meines Jacketts gleiten ließ. Dann schaltete ich mein Notebook aus, klappte es zu und verstaute es in der Tasche. Mein Koffer stand immer noch aufgeklappt da, wo ich ihn hingestellt hatte, als ich in dieses Abteil kam. Auch das Bett war nur oberflächlich benutzt. Ich stand von dem Sitz auf und stellte fest, dass ich meine Beine kaum spürte. Ich hatte allem Anschein nach, abgesehen von meinem kleinen Ausflug in den Speisewagen zum Frühstück, beinahe während der gesamten Reise dort gesessen.

Als der Zug im Bahnhof zum Stehen kam, hievte ich etwas benommen meinen Koffer auf den Bahnsteig. Während ich den Zug entlang ging und dabei meinen Koffer hinter mir her zog, wäre ich einen Waggon weiter beinahe über eine junge Dame gefallen, die rückwärts aus dem Zug kletterte und dabei ungeschickt ihren Koffer hinter sich her zerrte. Ich war zu müde, um rechtzeitig zu reagieren und erst recht zu müde um mich darüber aufzuregen, daher schlurfte ich einfach weiter. Die Erschöpfung hatte mich voll im Griff. Auf dem Weg zum Taxihalteplatz überholte mich die junge Dame schon wieder und warf mir im Vorübergehen einen neugierigen Seitenblick zu. Was sie dazu veranlasst haben mag, darüber kann ich nur Vermutungen anstellen, doch sie bot mir an, das Taxi mit ihr zu teilen. Als ich sie erstaunt ansah erklärte sie, sich für den Beinahe-Unfall vorhin entschuldigen zu wollen. Ich war sogar zum Widersprechen zu müde, also stiegen wir schließlich gemeinsam in ein Taxi. Und die junge Dame redete während der gesamten Fahrt beinahe unentwegt. Sie entschuldigte sich dafür mit extremer Nervosität. Sie habe gleich ein Vorstellungsgespräch, von dem eine ganze Menge abhing. Mir war es recht. Ich durfte nicht einschlafen, bis ich meiner Verlegerin das neue Manuskript vorgelegt hatte. Was die ‚Kleine' redete, bekam ich nur am Rande mit. Es war wie ein Wasserfall, der an mir vorbei plätscherte. Und meine Gedanken schwirrten davon.

X

Die Taxifahrt kam mir vor, als hätte sie nur wenige Augenblicke und nicht über eine Stunde gedauert. Es fühlte sich sehr langsam und gemächlich an. Und als ich nach vorne zum Kutscher sah, fiel mir auf, dass das Pferd lahmte. ... Moment. Hab ich gerade Kutscher gesagt? ... Ich sah mich um und stellte fest, dass wir nicht die einzige Kutsche auf dieser Straße waren. „Jack. Du träumst schon wieder", ermahnte ich mich selbst. In diesem Moment wachte ich auf. Die junge Dame war total aufgelöst. Wegen des Staus hatte sie ihr Vorstellungsgespräch verpasst. Als ich feststellte, dass wir direkt vor meinem Hotel standen, das sich praktischerweise direkt neben dem Gebäude meines Verlages befand, überlegte ich nicht lange und nahm sie mit in meine Suite. Während ich meine Sachen zurechtlegte, um mich nach der Dusche umzuziehen, fragte ich sie ein Wenig aus. Wie sich herausstellte, hatte sie das Vorstellungsgespräch bei meiner Verlegerin. Und da kam mir eine Idee. Ich drückte ihr den Stick in die Hand und schickte sie an die Rezeption, mit der Bitte, die Datei ausdrucken zu lassen, während ich unter der Dusche war. Sie wandte sich zum Gehen und zeigte mir eher unabsichtlich ihre wohlgeformten Rundungen. Bevor sie zur Türe hinaus verschwand fragte ich sie noch, für welche Stelle sie sich bei meiner Verlegerin beworben hatte. „Lektorin", antwortete sie schnell und huschte zur Tür hinaus. Offenbar war sie der Meinung, es käme auf Schnelligkeit an. Das gefiel mir. Obwohl es für sie eine unerwartete Situation war, stellte sie sich sofort darauf ein.

Als ich eine halbe Stunde später frisch geduscht und rasiert nur mit dem hoteleigenen Bademantel bekleidet aus dem Badezimmer kam, stand sie bereits wieder in meiner Suite, den Stapel Papier über dem linken Arm. Mit der rechten Hand hatte sie den Stapel etwa in der Mitte geteilt und las die Seite, die jetzt sichtbar war. Ihre Augen flogen geradezu über das Papier. Nach einer Minute hob sie das nächste Blatt hoch und las weiter. Sie war so vertieft, dass sie zunächst nicht bemerkte, dass ich bereits mitten im Zimmer stand. Erst als ich sie ansprach und sie fragte, ob sie Maschinenschreiben und mit einem Computer umgehen könnte, erschrak sie. Jedoch war sie geistesgegenwärtig genug, die Loseblattsammlung meines Romans nicht fallen zu lassen. „Entschuldigung", stammelte sie verlegen. „Ja, ich kann Maschinenschreiben. Und

Ja, ich kann auch mit einem Computer umgehen." Sie legte den Stapel auf den Couchtisch, vor dem sie stand. „Warum setzen sie sich nicht", versuchte ich sie aus der Reserve zu locken. Mir fiel auf, dass sie der Martha aus meinem Traum verblüffend ähnlich sah. Das konnte kein Zufall sein. Ob es jetzt Karma, Schicksal oder sonst wie heißt. Ich war davon überzeugt, dass dieser Traum etwas zu bedeuten hatte. Und es hatte mit dieser jungen Dame zu tun. Also setzte ich mich auf die Couch und rubbelte mit dem Handtuch, das ich um meinen Hals gelegt hatte, die Haare trocken. Etwas verlegen setzte sich die junge Dame am anderen Ende der Couch auf die Kante. Sie schien sich unwohl zu fühlen, denn sie sah nervös zur Tür, also versuchte ich sie zu beruhigen. „Keine Sorge. Ich bin kein Lüstling, wenn sie das denken. ... Auch wenn ich vielleicht so aussehe." Sie lächelte verlegen. „Nein, das ist es nicht. ... Ich dachte nur, sie sind vielleicht verärgert, weil ich ihr Buch gelesen habe." „Nein. ... Na ja. Wenn ich ehrlich sein soll ... ich hatte gehofft, dass sie einen Blick riskieren würden." „Bitte?" „Ganz im Ernst. ... Ich bin der unorganisierteste Autor, den sie sich vorstellen können. Und ich war in diesem Zug, weil ich heute Abgabetermin habe und bis ich in diesen Zug eingestiegen bin noch nicht eine Zeile geschrieben hatte." „Im Ernst? ... Sie haben das alles", damit deutete sie auf den dicken Stapel dicht beschriebener Blätter, „... während dieser Zugfahrt geschrieben? ... Unglaublich." „Tja. ... Und noch unglaublicher ist, dass ich mich nicht mal dran erinnern kann." Sie sah mich überrascht an. „Wie kann man sich denn daran nicht erinnern?" „Keine Ahnung. ... Ich bin eingestiegen, hab mich an meinen Computer gesetzt ..." „Und?" „... Sie würden mir nicht glauben." „Versuchen sie's." „Na ja. Ich hatte vor der Fahrt zum Bahnhof ein paar Koffeintabletten eingeworfen, damit ich wach bleibe. ... Und die hatten anscheinend ein paar komische Nebenwirkungen." „Im Ernst?" „Was? Dass ich Koffeintabletten genommen habe oder dass die Nebenwirkungen hatten?" „Etwas von Beidem, denke ich." Sie sah mich offen an. „Sie sind so ein toller Schriftsteller. ... Ich kann mir nicht vorstellen, dass sie sowas nötig haben." Ich war gerührt. ... Klar. Als Autor hört man sowas gerne. ... Und als Mann erst recht. Aber war das ihre ehrliche Meinung? „Wieviel haben sie gelesen?" Es war ein Schuss ins Blaue. „Nicht ganz bis zur Hälfte?", antwortete sie kleinlaut, so als hätte sie Angst, ich würde sie gleich in der Luft zerreißen. Ich war ehrlich überrascht. Meine Verlegerin war ja schon schnell im Lesen. Aber sie ... Und plötzlich wusste ich, was ich zu tun hatte. „Und? ... Wie finden sie's?" Ihre Augen begannen zu leuchten. „Ich finde es phantastisch. ... Es ist eins der Besten wenn nicht das Beste, das sie je geschrieben haben." „Wie wollen sie das wissen? ... Kennen sie meine anderen Bücher?" „Ich bin Lektorin. Schon vergessen? ... Ich lese viel." „Und wie schaffen sie das so schnell?" „Ich lese quer. Das machen Lektoren so. Ich erfasse so das Thema und den Stil. Für die Korrekturen sind andere zuständig." „Verstehe. ... Dann lesen sie's zu Ende." „Wie bitte?" Ich stand auf, stellte mich vor sie und drückte ihr den Stapel Papier in die Hand. „Lesen sie's zu Ende. ... Ich möchte wissen, wie gut oder schlecht es ist." Ich ging ins Bad, um mich fertig zu machen, während sie sich endlich bequem auf der Couch niederließ. Als ich höchstens fünfzehn Minuten später fix und fertig angezogen wieder vor ihr stand, lag der Stapel Papier ordentlich auf dem Tisch. Sie stand am Fenster und sah geistesabwesend hinaus. Ich stellte mich rechts neben sie und tippte scherzhaft mit der linken Hand vorsichtig auf ihre linke Schulter. Dabei fiel mir auf, dass sie beinahe einen Kopf kleiner war, als ich. „Und?", fragte ich. „Das ist mit Abstand das Beste, das sie je geschrieben haben." Sie sah mich nicht an, als sie das sagte, sondern sah einfach weiter kerzengerade aus dem Fenster. Mir kam das merkwürdig vor, doch dann sah ich die Tränen in ihren Augen. „Stimmt etwas nicht?", fragte ich sie besorgt. Wortlos ging sie zu ihrem Koffer, der mitten im Zimmer stand, öffnete ihn, nahm ein Kleid heraus und zeigte es mir indem sie es vor ihren Körper hielt. Es war rot. „Meine Großmutter sagte immer ‚Wenn du einen bleibenden Eindruck hinterlassen willst, trag etwas Rotes'..." Da hatte ich plötzlich das Gefühl, als würde der Boden unter meinen Füßen schwanken. Alles drehte sich.

X

Ich stand immer noch am Fenster. Martha stand links neben mir und schob die Gardine ein Stück zur Seite. Ich sah hinaus und hatte wieder dieses ‚ich bin im falschen Film' Gefühl. Höchstens einen Kilometer entfernt stand etwas, hell erleuchtet wie eine Fackel der Hoffnung. Doch es war nicht das Empire State Building mitten in der Skyline von Manhattan. Es war der Eifelturm. Ich war in Paris. Wie aus weiter Ferne hörte ich ihre Stimme. „Ich sagte dir doch, wir sehen uns wieder, Jack". Sie trug wieder dieses rote Kleid, das mir an ihr so gefallen hatte. Sie drehte und wendete sich, so als wollte sie mir dieses Kleid von allen Seiten zeigen. „Ich wollte mich doch noch anständig von dir verabschieden." „Verabschieden? ... Aber wieso?" „Ich hab ein neues Engagement. ... Unbefristet." „Gratuliere. ... Und warum klingt das bei dir so endgültig?" „Ich weiß nicht, warum das so klingt. ... Vermutlich, weil ich nicht weiß ob wir uns noch einmal wiedersehen." Wieder hing eine Träne an ihren falschen Wimpern. Doch ihr Blick war klar und aufrichtig. „Ich liebe dich, Jack Tanner." Sie war bei diesen Worten dicht auf mich zu gekommen und hatte mich so gezwungen rückwärts zu gehen, bis ich mit den Waden an das Bett gestoßen war. Ich setzte mich und Martha kam noch näher. Dann beugte sie sich zu mir herunter und küsste mich, lange und heftig. Und indem sie dies tat, begann sie zuerst mich und dann sich selbst auszuziehen. Bereits nach wenigen Minuten lagen wir eng umschlungen auf dem Bett und liebten uns ein letztes Mal. Gleich danach war Martha eilig aus dem Bett gestiegen und hatte begonnen, sich wieder anzuziehen. Es glich beinahe einer Flucht. Während sie zuletzt auf der Bettkante saß, um ihre hauchdünnen, dunklen Strümpfe über ihre Beine zu streifen, setzte ich mich auf. Sie stand auf und schlüpfte in ihre Schuhe. Ein letztes Mal beugte sie sich für einen Kuss zu mir herunter. „Wenn ich jetzt gehe, sieh' mir bitte nicht nach", sagte sie als sie sich wieder aufrichtete. Ich nickte nur stumm. „Leb wohl Jack." Ich wollte noch etwas erwidern, doch ich wusste nicht was. Worte waren einfach zu schwach, für das was ich in diesem Augenblick empfand. Ich hörte noch das leise Klappen der Tür, als sie mein Zimmer verließ, dann war ich allein. Ich ließ mich einfach rückwärts wieder auf das Bett fallen und war im nächsten Augenblick eingeschlafen.

X

Es war ein seltsames Gefühl. Als wäre ich unter Wasser in Watte eingepackt. Irgendwie schwerelos, warm und weich. Es gab kein Zeitgefühl, nichts das mich drängte oder zog. Es war ein Zustand von absolutem Frieden. Der wurde jetzt allerdings durch ein nerviges Klingeln gestört. Allmählich kämpfte ich mich aus der Tiefe eines Traumes an die Oberfläche und stellte fest, dass dieses Klingeln, das immer noch meine Ohren malträtierte, von dem Telefon auf meinem Nachttisch ausging. Als ich endlich vollends wach war, und gerade zum Telefonhörer greifen wollte, hörte das Klingeln auf. Ich sah mich um. Ich lag halb angezogen im Bett in meiner Hotelsuite in New York. Und dann fiel es mir wieder ein. Verdammt. Ich hatte den Termin mit meiner Verlegerin verschlafen.

Es klopfte an der Tür. „Herein", rief ich und meine Stimme kam mir fremd vor. Die Tür öffnete sich und die junge Dame kam herein, mit der ich mir das Taxi geteilt hatte. Wann das war? Keine Ahnung. Ich hatte jedes Zeitgefühl verloren. Sie kam mit schnellen Schritten an mein Bett geeilt und sah erleichtert aus. „Endlich", rief sie aus.

„Ich hatte schon Angst, sie würden gar nicht mehr aufwachen." Wie selbstverständlich setzte sie sich zu mir auf die Bettkante. „Wie lange habe ich denn geschlafen?", fragte ich sie, und meine Stimme hörte sich immer noch fremd an. Ich musste mich räuspern, um überhaupt sprechen zu können. „Zwei Tage. ... Wenn sie jetzt nicht wach gewesen wären, hätte ich einen Arzt kommen lassen." Sie wirkte jetzt viel selbstsicherer, als noch vor zwei Tagen. Irgendetwas musste in der Zwischenzeit geschehen sein. Und irgendwie schien sie meine Gedanken zu erraten, denn sie ließ sich nicht lange bitten. „Ich habe ihren Roman bei ihrer Verlegerin abgegeben", und als ich sie überrascht ansah, „sie waren urplötzlich so fest eingeschlafen, dass ich sie nicht mehr wach bekommen habe. ... Und weil sie mir all diese komischen Fragen gestellt haben, dachte ich, sie wollen dass ich für sie arbeite. ... Also hab ich gleich damit angefangen und ihren Roman rüber gebracht." Jetzt sah sie doch etwas verlegen auf ihre Hände. Da musste also noch mehr sein. „Sie denkt wohl jetzt, wir wären ..." „Wir wären was?" „ ... naja, zusammen." „Zusammen. Wir. ... Und wie kommt sie darauf?" „Ich hab zu ihr nichts dergleichen gesagt, ehrlich. ... Es war ihr Buch." Irgendwie stand ich immer noch auf dem Schlauch. „Ich hab bevor ich rüber ging das rote Kleid angezogen, weil ich Eindruck machen wollte." „Jaaaa?" „Und nachdem sie ihr Buch gelesen hatte, hat sie mich angesehen und war plötzlich furchtbar nett zu mir. Ungewohnt nett, meine ich." „Ich glaube, mir entgeht hier irgendwas ... Anscheinend träume ich immer noch." Leicht verzweifelt richtete ich meinen Blick Richtung Himmel. Da beugte sie sich urplötzlich vor und hauchte mir einen Kuss auf die Lippen. Als sie sich wieder aufrichtete, so dass ich sie deutlich sehen konnte sah sie mich ernst an. „Mein Name ist Martha." Es traf mich wie ein Schlag. Konnte es wirklich möglich sein? Und irgendwie begann plötzlich alles einen Sinn zu ergeben. Mein Leben war bisher sehr einsam verlaufen, da ich für eine richtige Beziehung viel zu beschäftigt und viel zu chaotisch war. Und jetzt hat offensichtlich das Schicksal beschlossen, das zu ändern. Als ich die Tragweite dieses Gedankens endlich verstand, schwappte plötzlich ein angenehm warmes Gefühl wie eine Welle über mir zusammen. Ich sah ihr tief in die Augen und hätte in diesen dunkelblauen Seen ertrinken können. Ich streckte die Hand aus und streichelte zart ihre Wange. Sie kam wieder näher und küsste mich erneut. Und diesmal erwiderte ich diesen Kuss. Und als sich unsere Lippen nach einer gefühlten Ewigkeit wieder voneinander trennten, war ich mir sicher, dass in diesem Moment gerade der Erste Tag vom Rest meines Lebens angefangen hatte. Ich würde nie wieder auf eine so unheimliche Reise gehen müssen, mich nie wieder mit imaginären Personen unterhalten, die nur in meinem Kopf existierten, nie wieder allein sein. In diesem Moment hätte ich lauthals singen können vor Glück. Stattdessen zog ich sie in meine Arme und küsste sie noch einmal.

Inzwischen sind Martha und ich schon beinahe zehn Jahre glücklich verheiratet. Und sie hat mein ganzes Leben umgekrempelt. Denn sie hat es endlich vollkommen gemacht. Diese geheimnisvolle Frau im roten Kleid.

ENDE

Am Anfang war nur die Idee einer Geschichte über eine junge Frau, die auf der Suche nach ihrer wahren Identität eine Menge Abenteuer erlebt.
In den folgenden 30 Jahren erlebte ich noch mehr abenteuerliches beim Schreiben der Geschichte. Bevor ich mit dem Schreiben anfing, war mir gar nicht klar, wieviel man können und wissen muss, um eine einfache Geschichte ordnungsgemäß zu Papier zu bringen. Wie ich es dann schließlich doch geschafft habe, davon handelt dieses Buch.

Daniel Watson, ein Detective der New Yorker Mordkommission gerät durch die Arbeit an einem Serienmord in den ungewöhnlichsten Fall seines Lebens. Ein Fall, der nicht nur sein Leben auf den Kopf stellen wird.

Seltsame Geschehnisse. Drei Leben auf magische Art miteinander verknüpft. Ein unheimliches Haus und ein fesselndes Tagebuch. Das ist der Stoff, aus dem Träume sein können. Doch vielleicht ist alles ganz anders …

Die 51 jährige Nora verunglückt im Februar 2013 bei einem Hubschrauberabsturz in Australien und erwacht im März 1973 im Körper der neunzehnjährigen Chris. Sie ist Praktikantin bei der Produktionsfirma einer Fernsehserie in London. Sie und Alan, einer der Schauspieler, ein dreißigjähriger Australier, verlieben sich ineinander und heiraten. Chris stirbt nach 36 glücklichen Ehejahren. Alan liest Christinas altes Tagebuch, das jahrelang in einem Banksafe geschlummert hatte. Darin findet er einen vollständigen Bericht über Noras Urlaubsreise von 2013. Er fasst den Entschluss, sich seine Frau zurück zu holen …